ぼくは クルルを まもりたい

文　なりゆきわかこ　絵　いりやまさとし

さいきん、このふきんに、アライグマが　しゅつぼつしました。

アライグマは　たいへん　きけんなので、

見《み》かけた人《ひと》は、ぜったいに　さわらず、

しやくしょに　ごいっぽうください。

「なあに？　なんて　書《か》いてあるの？」
いもうとの　みかは　まだ　五《ご》さいだから、
読《よ》めなくても　しょうがない。
ぼくは　二年生《にねんせい》だから、ふりがなが　ふってあれば
だいたい　読《よ》める。
「この近《ちか》くに　アライグマが　出《で》たんだって」
ポスターの　しゃしんには、目《め》の　ふちが　黒《くろ》っぽい
タヌキみたいな　どうぶつが　うつっている。
「わあ、かわいいね！」
みかが　わらいながら　いった。

町内会
テニスサークル
ダンス同好会
きけん!!

「お帰《かえ》り、しょうた、みか。
たまごの　おつかい　ありがとう」
「お母《かあ》さん、家《いえ》の　前《まえ》の　ポスター　見《み》た？
アライグマが　出《で》て、きけんだって」
たまごを　わたしながら　聞《き》くと、お母《かあ》さんは
まじめな　声《こえ》で　いった。
「ほんとうに　きけんらしいのよ。太田《おおた》さんの
はたけが　あらされたの」
「え、ほんと？」
「ええ、タヌキみたいな　どうぶつが　はたけの　土《つち》を

ほっていて、とめようと　したら　引《ひ》っかかれそうに
なったって！」

つぎの日《ひ》　学校《がっこう》に　行《い》くと、教室《きょうしつ》の　まん中《なか》で
ゆうくんが　大《おお》きな　声《こえ》で　話《はな》していた。
「きのう、ぼくんちに　アライグマが　入《はい》ってきて、
池《いけ》の　水《みず》を　のんでいたんだ！」
ゆうくんの　うちは　古《ふる》くから　ある　おやしきで、
にわに　大《おお》きな　池《いけ》が　ある。
「へえ、どんなだった？」
「レッサーパンダに　にていたかな」
「わあ、かわいいから、かえば　いいのに！」

「だって、ぼくに　気《き》づいたら　あっという間《ま》に、かきねから　にげちゃったもの！」

数人《すうにん》の　友《とも》だちに　しつもんされ、ゆうくんはこうふんしていた。

「それに、おじいちゃんが　いっていたよ。アライグマって、かわいいけど、すごく　らんぼうで、人《ひと》に　なつかないんだってさ。だから、むかし、たくさん　外国《がいこく》から　ゆにゅうしたけど、ほとんどの人《ひと》が　すてちゃったんだって！」

その日《ひ》の　夕《ゆう》がた、じゅくの　帰《かえ》りに、ぼくは
べつの　ばしょで、なんまいも　同《おな》じ　ポスターを
見《み》た。
「こんなに　かわいいけど、らんぼうなのか……」
ぼんやりと　そう　思《おも》い、家《いえ》に　入《はい》ろうとすると、
黒《くろ》っぽい　なにかが　家《いえ》の　前《まえ》を　すばやく
よこぎり、むかいの　じんじゃに　入《はい》っていった。
ねこ？　いや、もっと大《おお》きい……まさか！

あとを　おって、じんじゃに　入《はい》ると、
その　なにかは　小《ちい》さな　おどうの　ゆか下《した》に
すごい　いきおいで　もぐりこんだ。
見《み》ると、ゆか下《した》の　木《き》の　わくが　ひとつ　こわれて
いる。
ぼくは　おそるおそる　のぞいてみた。
ゆか下《した》に　つまれていた　ざいもくの　すき間《ま》に
ふたつの　小《ちい》さな　光《ひか》る　ものが　ある。
「クルル……」
ふたつの　光《ひかり》の　ほうから　声《こえ》が　聞《き》こえる！

こわいけれど、しゃがんで　首《くび》を　つっこんだ。
アライグマだ！
ポスターに　そっくり……いや、ポスターより、
ちょっと　くらい色《いろ》に　見《み》える。
「クルル……」
アライグマは　ぼくを　見《み》て、もういちど　ないた。
その声《こえ》は　なんだか、弱《よわ》よわしい。
「おなかが　すいているのかも」

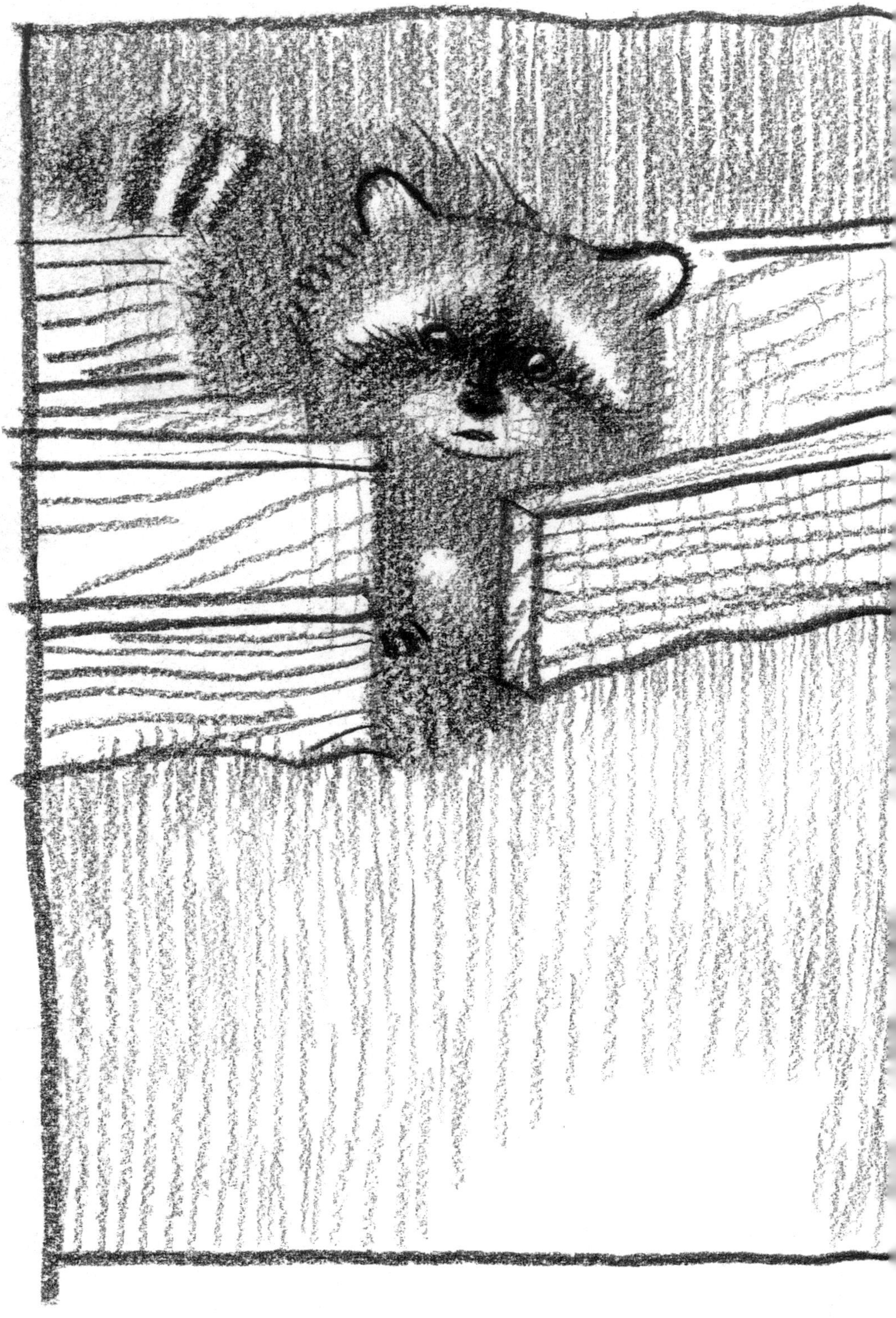

じゅくの　日《ひ》には、いつも　おやつを　少《すこ》し
もっていく。
クッキーが　一《いち》まい　のこっていたので、かばんから
出《だ》して　おどうの　おくに　なげてみた。
アライグマは　しばらく　うごかなかったが、
五分《ごふん》ほど　たつと、クッキーに　近《ちか》づき、てのひらで
つつむと、すぐに　ざいもくの　かげに　かくれた。
手《て》は　人間《にんげん》と　同《おな》じ　五本《ごほん》ゆびだ。
がりがり　がりがり。ざいもくの　かげから
いきおいよく　食《た》べる　音《おと》が　した。

つぎの日《ひ》の　ほうかごも、じんじゃに　よってみた。
じんじゃは　いつも　ひっそりと　している。
たまに、かんぬしさんふうふが　そうじを
しているけれど、ほかの人《ひと》は　めったに　いない。
ぼくは　おどうの　前《まえ》に　すわり、そっと
ゆか下《した》を　のぞきこんだ。
「いた！」
「クルル……」
小《ちい》さな　声《こえ》を　あげ、ざいもくの　すき間《ま》から、
ちょこんと　顔《かお》を　出《だ》している。

アライグマは　ぼくを　じっと　見《み》ている。
「ゆうくんは　すぐ　にげたって　いったのに、
にげないなあ。あ、きのう、クッキーを　あげたから、
また　くれると　思《おも》っているのかも！」
そう思《おも》った　しゅんかん　たまらなくなって、
かけ足《あし》で　帰《かえ》り、だいどころの　とだなを　あけた。
お母《かあ》さんは、まだ　パートから　帰《かえ》っていない。
ぼくは、とだなから　クッキーの　ふくろを
とりだし、三《さん》、四《よん》まい　ポケットに　入《い》れると、
ふたたび　じんじゃに　むかった。

だれも　いないのを　たしかめて　おどうの　前《まえ》に
しゃがみ、クッキーを　なげいれた。
しばらくすると、木《き》の　すき間《ま》から　小《ちい》さな　手《て》が
にょきっと　出《で》て、クッキーを　つかむと、
すぐに　引《ひ》っこんだ。
「がり、がり、しゃく、しゃく」
いそがしく　食《た》べる　音《おと》が　する。

「でも、クッキーとか、あげて　いいのかな」
しんぱいに　なったので、家《いえ》に　帰《かえ》ってから、
どうぶつずかんで、アライグマの　食《た》べものを
しらべてみた。
「『なんでも　よく食《た》べ　しょうかする』よかった！」

それからは　毎日《まいにち》、ぼくは　だいどころから
こっそり　食《た》べものを　とり、じんじゃに　むかった。
クッキーの　ほかに、パンや　くだもの、ハムや
ソーセージまで。

アライグマは、たいてい　おどうの　下《した》に
いるけれど、たまに　いない　ときが　ある。
そんなときは、じめんを　見《み》ると、小《ちい》さな　足《あし》あとが、
おどうから　とりいに　むかって　てんてんと
ついている。
「さんぽかな、あとで　食《た》べてね」
そう思《おも》って　食《た》べものを　ゆか下《した》に　なげいれて
おくと　あくる日《ひ》には　きれいに　なくなっている。

一《いっ》しゅうかんほど　すぎたころ、いつものように
おどうの　前《まえ》に　しゃがむと、きゅうに
アライグマが　顔《かお》を　出《だ》した。
ぼくの　すぐ　目《め》の前《まえ》に　アライグマが　いる！
「わあ！」
おどろいて　パンを　おとすと、アライグマは　木《き》の
わくから　手《て》を　のばし、パンを　かかえて、おどうの
おくに　もどってしまった。
耳《みみ》を　すますと、あなの　中《なか》から　声《こえ》が　する。
「クルル……クルル……」

うたうような　かわいい声《こえ》！
「そうだ、『クルル』って
名前《なまえ》に　しよう！」
ぼくは　うれしくて、
とびはねながら　家《いえ》に　帰《かえ》った。

「あ、おにいちゃん、つまみ食《ぐ》い　している！」
クルルに　会《あ》ってから、十日《とおか》も　すぎたころ、
れいぞうこから　ハムを　出《だ》した　ところを
うっかり　みかに　見《み》つかってしまった！
「みか、お母《かあ》さんに　いわないで！」
「えー、だって、いけないことだよ？」
「いわなかったら、いいもの、見《み》せるから」
ぼくは、しかたがなく、みかを　じんじゃに
つれていった。

「ゆか下《した》の　おくに、ハムを　入《い》れて、それから
しずかに　じっと　のぞいていてごらん」
みかは、しばらく　ゆか下《した》を　のぞいていた。
やがて、おどろいたような　声《こえ》を　あげた。
「あ、いま、おくの　木《き》の　間《あいだ》から　顔《かお》を
出《だ》した！　ああっ、ハムを　とった！」
クルルは　すぐに　あなの　中《なか》に　もどった。
「おにいちゃん、あのこ、アライグマだよね！」

「うん、でも、ほかの　人《ひと》には　ないしょだよ。

お母《かあ》さん、お父《とう》さん、友《とも》だちにも」

「どうして？」

「アライグマは、きけんな　どうぶつだから」

「でも、わるいこに　見《み》えないよ？」

みかの　ことばに、ぼくは　思《おも》わず　強《つよ》く
うなずいた。

「うん、ぼくも、そう　思《おも》うんだ！

きっと　なにかの　まちがいだよね！」

「きのうの朝《あさ》、また　アライグマの　やつが
来《き》てさ！」
あくる朝《あさ》、教室《きょうしつ》に　入《はい》ると、ゆうくんが　また
こうふんした　ようすで　しゃべっていた。
「この前《まえ》のように、池《いけ》の　水《みず》を
のんでいるだけかと　思《おも》って
ほうっておいたら、いきなり、手《て》を
池《いけ》に　入《い》れて、おじいちゃんが
かわいがっていた　小《ちい》さな　こいを
とっていっちゃった！」

「ほんとうに……アライグマだった？」

ぼくは、そっと、聞《き》いてみた。

ゆうくんは、声《こえ》を　いっそう　大《おお》きくして　答《こた》えた。

「しやくしょの　人《ひと》に　来《き》てもらったんだ。

足《あし》あとを　見《み》て、ぜったいに　アライグマだって

いったよ！　さいきん　はたけが　あらされたとか、

ものおきの　ひじょう食《しょく》を　食《た》べられたとか、

いろんな　ひがいが　とどいているんだって！」

帰《かえ》り道《みち》、ぼくは　ずっと　考《かんが》えていた。
「クルルが？　ほんとかな。だって、ごはんを
あげているから、おなかは　すいていないはずだし
……たしかに　ずかんには『よく食《た》べる』と
書《か》いてあったけど……」

そして、家《いえ》に　帰《かえ》ったら、　たいへんなことが
おきていた。

お母《かあ》さんが　だいどころに　立《た》っていた。
うしろすがたでも、わかる。
すごく　おこっていることが。
お母《かあ》さんの　前《まえ》には　ないている　みかが　いる。
ぼくは　すぐに　気《き》づいた。
みんな　ばれちゃったんだ！
「パートが　きゅうに　お休《やす》みに　なって、早《はや》く
帰《かえ》ってきたら、みかが　こそこそと　れいぞうこを
あけていたわ。さいきん、食《た》べものが　なくなって、
おかしいと　思《おも》って　いたら、おにいちゃんと

じんじゃで　アライグマに　ごはんを
あげていたって　いうじゃない？
きけんって、
いわれて　いるのに、なぜ！」

お母《かあ》さんは、いっきに　まくしたてた。

「で、でも、きけんそうに　見《み》えなかったんだ。それに、おなか　すかせていて……」

お母《かあ》さんは、それには　答《こた》えず、すぐに　しゃくしょに　でんわを　した。

そして、でんわを　切《き》った　あと、いった。

「あした　おりを　よういするって。もう、じんじゃに　行《い》っちゃ、だめよ！」

その日《ひ》から、お母《かあ》さんは　家《いえ》に　いるように　なった。
じゅくに　行《い》くときも、おやつは　もたされなく
なった。
ほうかご、こっそり　じんじゃに　よると、おどうの
前《まえ》に　おりが　おかれていた。
中《なか》には　くだものや　おかしが　入《はい》っている。
おりの　近《ちか》くには、いつも　数人《すうにん》の　おとなたちが
かくれて　見《み》はっているので、
ぼくは　おどうに　近《ちか》づけない。
でも、とりいの　かげから、毎日《まいにち》　こっそり

ようすを　見《み》ていた。
そして　毎日《まいにち》　いのった。
「クルル、おなかが　すいているだろうな。
でも、どうか　おりに　入《はい》らないで！」

おりが　おかれてから、なん日《にち》も　たったけれど、
クルルは　おりに　入《はい》らなかった。
おとなたちは
「もう、ここには　いないのかも」
と、いいはじめた。
このまま、おとなたちが　あきらめてくれたら、
おどうの　前《まえ》に　行《い》って、なんとかして、
ごはんを　わたせるかも　しれない。

そんな　ある夜《よる》。

お父《とう》さんと、コンビニに　行《い》った　帰《かえ》り、

じんじゃから　ざわざわと　おとなたちの　声《こえ》が　した。

「かかっている！」

ぼくは　その　ことばを　聞《き》いて、むちゅうで

おどうの　前《まえ》に　走《はし》りよった。

でも、ぼくの　目《め》に　入《はい》ったのは、クルルではなく、

ねこだった。

「まちがえて、入《はい》ってしまったのね」

かんぬしさんの　おくさんが、やさしい　声《こえ》で、

ねこを　おりから　出《だ》した。
ねこは　首《くび》の　すずを　ちりり、と　ならしながら、
どこかに　行《い》ってしまった。
ほかの　おとなたちも　わらいながら
いった。
「もう、おりに　入《はい》るなよ」

帰《かえ》り道《みち》、ぼくは　うつむきながら　聞《き》いた。
「なぜ、ねこは　おりから　出《だ》されて、アライグマは
だめなの？」
お父《とう》さんは、すぐに　答《こた》えた。
「しょうたも、知《し》っているだろう？　はたけを
あらしたり、池《いけ》の　こいを　とったり　したことを」
「でも　ねこだって、たまに　わるいことを　する」
「アライグマは　ねこよりも　強《つよ》くて　らんぼうだ。
しかも、なんでも　もりもり　食《た》べ、どんどん
ふえる。だから、ここだけでは　なく、日本中《にほんじゅう》で

もんだいに　なって　いるんだよ」

「ゆうくんから、聞《き》いたけど、もとは　外国《がいこく》に
いたんだよね？　かわいいからって　たくさん
ゆにゅうしたけど、かえなくて
すてちゃったんでしょう？」
お父《とう》さんは、こんどは　しばらく　時間《じかん》を
おいてから、答《こた》えた。
「うん、そのとおりだ……なので、しばらくして
ゆにゅうも　きんしされた。でも、とにかく、いまは
人間《にんげん》の　くらしを　あらす『がいじゅう』と
されているんだ」

「がいじゅう……」

お父《とう》さんの　いった　その　ことばが　まるで、

すべてを　ゆるさないみたいに　強《つよ》く　ひびいた。

「それに、でんせんびょうを　もっている　ことも
あるし、さわって　うつったら　たいへんだ。
だから　もう　二度《にど》と　えさを　あげては
いけないよ。たとえ　かわいそうと　思《おも》ってもね」
お父《とう》さんは、
そういうと、
ぼくの　かたを
ポンと　たたいた。

「アライグマの　やつ、じんじゃに　いたらしいけど、
早《はや》く　つかまえてほしいよ！
おじいちゃん、こいを　とられてから、
ずっと　しょんぼりしているもの」
ゆうくんは　きょうも　アライグマに　ついて
大声《おおごえ》で　しゃべっている。
でも、みんな　あきてしまったようで、ゆうくんの
話《はなし》を　ねっしんに　聞《き》く　人《ひと》は　いない。

ゆうくんも　それに　気《き》づき
「この　気《き》もちは、だいじな　ものを
うばわれないと、わかんないよな」
そう　いって、話《はなし》を　やめてしまった。
ぼくは　じっと　ゆうくんを　見《み》ていた。
ゆうくんは　ぼくを　見《み》て
「しょうちゃんは、わかってくれるんだね」
と、いうように　にっこり　わらった。

「ちがう、ぼくは　ゆうくんの　気《き》もちと　はんたいで、
クルルが　つかまるのは　いやなんだ」
ほんとうは　そう　いいたかった。
クルルを　おう人《ひと》たちは　わるくない。
自分《じぶん》たちの　くらしや　だいじな　ものを
まもるためなのだから。
でも、おわれる　クルルは
だれにも　まもられず、
ひっしに　自分《じぶん》の　いのちを　つなぐ。

それから　また　数日《すうじつ》　すぎた。
じゅくの　帰《かえ》り、じんじゃの　ほうを　見《み》ると、
おとなたちは、だれも　いなかった。
「みんな　やっと　あきらめたのかも！」
おりは　あいかわらず　おどうの　前《まえ》に
おいてあり、つめたく　光《ひか》っている。
冬《ふゆ》が　近《ちか》くなり、くらくなるのが　早《はや》く　なったので、
あたりは　もう　うすぐらい。

なん日《にち》ぶりだろう。
ぼくは　おどうの　前《まえ》に　しゃがみ、中《なか》に
むかって　小声《こごえ》で　よんだ。
「おーい、クルル～」
しばらく　まっても　声《こえ》は　聞《き》こえない。
あきらめて、立《た》ちあがろうと　したとき――
「クルル……」
クルルの　声《こえ》だ！

ぼくは　もういちど　しゃがみ　耳《みみ》を　すませた。
「クルル……」
おどうの　下《した》を　のぞいたけれど、顔《かお》は　見《み》えない。
つまれた　ざいもくの　うしろから　かすかに
聞《き》こえる。
「クルル……」
その声《こえ》は　かなり　弱《よわ》く、かすれている。
おりには　りんごと　おかしが　入《はい》っている。
クルルは、おなかが　すいていても、おりの　中《なか》の
食《た》べものには　手《て》を　出《だ》して　いなかった。

きっと、きけんに　気《き》づいたんだ。
そして、木《き》の　かげに　ひそみ、声《こえ》も　たてず、
ぼくの　来《く》るのを　ずっとずっと　まっていたのかも
しれない。
おりには、こわくて　手《て》を　入《い》れられない。
ぼくは　カバンを　引《ひ》っくりかえし、食《た》べものを
さがした。

「なにか、なにか　ないかな！」
ないのは　わかっていたけれど、クッキーの
かけらでも、パンの　くずでも！
「クルル……」
小《ちい》さな　声《こえ》が、くらい空《そら》に　ひびく。
「クルル……」
なみだが　ほほを　つたった。
なみだと　はなみずが　とまらなかった。
「なぜ、なぜ、なぜ……」
なぜと　いう　ことばだけが　口《くち》から　あふれた。

その夜《よる》、ぼくは　まったく　ねむらず、考《かんが》えていた。
そして　けっしんした。
夜明《よあ》け前《まえ》、かぞくは　まだ　ねむっている。
ぼくは　音《おと》を　たてないように　どきどきしながら
だいどころに　むかった。
そして、目《め》の前《まえ》に　ある　クッキーの　ふくろを
つかむと、げんかんの　ドアを　ゆっくりと　あけた。
きんちょうして、あせびっしょりだ。

思《おも》ったとおり、この時間《じかん》は　だれも　いない。
ぼくは　とりいを　くぐると、走《はし》って　おどうの
前《まえ》に　むかった。
「がいじゅうに　えさを　やるなんて、おまえは
わるい　子《こ》どもだ！」
心《こころ》の　中《なか》の　声《こえ》が　さけぶ。
ぼくは　口《くち》を　とじたまま　さけびかえした。
「でも、ぼくは　クルルが　すきなんだ！
ぼくだけでも、クルルを　まもりたい！」

おどうの　下《した》に　しゃがみ、ぼくは　そっと
よんだ。
「クルル、クッキーだよ」
へんじが　ない。
「クルル、だいじょうぶだから、出《で》ておいで」
ぼくは　クッキーを　ひとつ　ざいもくの　そばまで
なげてみた。そして　しばらく　まってみた。
うすぐらかった　けいだいが　ほのかに
明《あか》るく　なってくる。
もうすぐ　おとなが　おきる　時間《じかん》だ。

ぼくは　あせってきた。
そして、いやなことを　思《おも》いうかべた。
まさか　クルルは　おどうの　おくで、もう――
「いや、どこかに　かくれているのかも！」
そう　思《おも》いなおし、まわりを　見《み》ると、じめんに
クルルの　足《あし》あとが　ついている。
足《あし》あとを　たどると、いつものように、とりいから、
外《そと》に　むかわず、おどうの　よこの、大《おお》きな
クスノキの　前《まえ》で　きえていた。
木《き》には　上《うえ》のほうまで　引《ひ》っかききずが　ついていた。

クルルは　目《め》の前《まえ》の　おりを　さけようと
この木《き》に　のぼり、　おどうの　やねを　つたって
どこかに　にげてしまったのかもしれない。

つめたい　夜明《よあ》けの　空気《くうき》が　ぼくを　つつんだ。
クスノキの　えだの　先《さき》に　つながる　こん色《いろ》の
空《そら》を　見《み》ながら、ぼくは　思《おも》った。
クルルは　もう　ここには　来《こ》ない。
そして　どこかで　また、はたけを　あらし、
食《た》べものを　ぬすみ、おわれる　毎日《まいにち》が
つづくのだろう。

ぼくは　よんだ。

「クルル」
木《き》の上《うえ》に　むかい、なんども　なんども　よんだ。

「クルル、クルル、クルル、クルル」
でも、もう　あの　かわいい　声《こえ》は　聞《き》こえない。
ぼくは　ふと　つぶやいた。

「こんなこと、もういやだ……
いつか、いつか、きっと……」

そのとたん、こらえた　なみだが　あふれ、
ぼくは　わんわん　ないた。

「クルル、クルル、クルル！」

空《そら》は　あかね色《いろ》に　かがやきはじめた。
なきながら、クルルの　名前《なまえ》を　よびつづける
ぼくを、おひさまは　どんどん　明《あか》るく
てらしていった。

文　なりゆきわかこ

東京都出身。慶応義塾大学文学部卒業。動物を題材にした作品が多く、『ロックとマック　東日本大震災で迷子になった犬』『多摩川にすてられたミーコ』（KADOKAWA）、『誰も知らないのら猫クロの小さな一生』（Gakken）、『そっといちどだけ』『かわいいこねこをもらってください』（ポプラ社）他多数。

絵　いりやまさとし

東京都出身。キャラクターデザイン、グリーティングカードのデザイナーを経てフリーのイラストレーターになる。絵本作品に、「ぴよちゃん」シリーズ（Gakken）、「パンダたいそう」シリーズ（講談社）、『しっぽーのおさんぽ』（PHP研究所）、『そっといちどだけ』（ポプラ社　作・なりゆきわかこ）他多数。

本はともだち♪29

ぼくは クルルを まもりたい

2024年12月　第1刷

なりゆきわかこ　文
いりやまさとし　絵

発行者　加藤裕樹
編集　仲地ゆい
発行所　株式会社ポプラ社
〒141-8210 東京都品川区西五反田 3-5-8 JR 目黒 MARC ビル 12 階
ホームページ www.poplar.co.jp
印刷・製本　中央精版印刷株式会社
デザイン　bookwall

ISBN978-4-591-18263-5　N.D.C. 913　85P　22cm

落丁・乱丁本はお取り替えいたします。ホームページ（www.poplar.co.jp）のお問い合わせ一覧よりご連絡ください。

P4112029

なりゆきわかこ・いりやまさとしの絵本

「そっといちどだけ」

10さいになった盲導犬《もうどうけん》のステラは、ときどきミスをするようになった。あかねさんは「ドンマイ、ステラ」とはげましてくれる。……ステラは引退《いんたい》の年《とし》になった。

なりゆきわかこの本

「かわいいこねこをもらってください」

垂石眞子 絵

ちいちゃんはこねこを拾《ひろ》いました。でも、お家《うち》はアパートで飼《か》えません。小《ちい》さな命《いのち》を守《まも》ろうとがんばった女《おんな》の子《こ》のお話《はなし》。

「こねこのモモちゃん美容室《びようしつ》」

トビイ ルツ 絵

美容室《びようしつ》の年《とし》とった飼《か》いねこモモと女《おんな》の子《こ》の心《こころ》にしみいる感動《かんどう》の物語《ものがたり》。